सीता

रुद्रांश शर्मा

क्रम-सूची

1

माता सीता रामायण और रामकथा पर आधारित अन्य ग्रंथ, जैसे रामचरितमानस, कंब रामायण की मुख्य नायिका हैं । सीता मिथिला(सीतामढ़ी, बिहार) में जन्मी थी, यह स्थान आगे चलकर सीतामढ़ी से विख्यात हुआ। देवी सीता मिथिला के नरेश राजा जनक की ज्येष्ठ पुत्री थीं । इनका विवाह अयोध्या के नरेश राजा दशरथ के ज्येष्ठ पुत्र श्री राम से स्वयंवर में शिवधनुष को भंग करने के उपरांत हुआ था। इन्होंने स्त्री व पतिव्रता धर्म का पूर्ण रूप से पालन किया था जिसके कारण इनका नाम बहुत आदर से लिया जाता है। त्रेतायुग में इन्हें सौभाग्य की देवी लक्ष्मी का अवतार कहा गया है।

2

जन्म व नाम

रामायण के अनुसार मिथिला के राजा जनक के खेतों में हल जोतते समय एक पेटी से अटका। इन्हें उस पेटी में पाया था। राजा जनक और रानी सुनयना के गर्भ में इनके कलाओं एवं आत्मा की दिव्यता को महर्षि याज्ञवल्क्य द्वारा स्थापित किया गया तत्पश्चात सुनयना ने अपनी मातृत्व को स्वीकार किया और पालन किया। उर्मिला उनकी छोटी बहन थीं।

राजा जनक की पुत्री होने के कारण इन्हे जानकी, जनकात्मजा अथवा जनकसुता भी कहते थे। मिथिला की राजकुमारी होने के कारण ये मैथिली नाम से भी प्रसिद्ध है। भूमि में पाये जाने के कारण इन्हे भूमिपुत्री या भूसुता भी कहा जाता है।

सीता जी का जन्म फाल्गुन मास के कृष्ण पक्ष की अष्टमी पर मिथिला (बिहार) में हुआ था

3

विवाह

ऋषि विश्वामित्र का यज्ञ राम व लक्ष्मण की रक्षा में सफलतापूर्वक संपन्न हुआ। इसके उपरांत महाराज जनक ने सीता स्वयंवर की घोषणा किया और ऋषि विश्वामित्र की उपस्थिति हेतु निमंत्रण भेजा। आश्रम में राम व लक्ष्मण उपस्थित के कारण वे उन्हें भी मिथिपलपुरी साथ ले गये। महाराज जनक ने उपस्थित ऋषिमुनियों के आशिर्वाद से स्वयंवर के लिये शिवधनुष उठाने के नियम की घोषणा की। सभा में उपस्थित कोइ राजकुमार, राजा व महाराजा धनुष उठानेमें विफल रहे। श्रीरामजी ने धनुष को उठाया और उसका भंग किया। इस तरह सीता का विवाह श्रीरामजी से निश्चय हुआ।

इसी के साथ उर्मिला का विवाह लक्ष्मण से, मांडवी का भरत से तथा श्रुतकीर्ति का शत्रुघ्न से निश्चय हुआ। कन्यादान के समय राजा जनक ने श्रीरामजी से कहा "हे कौशल्यानंदन राम! ये मेरी पुत्री सीता है। इसका पाणीग्रहण कर अपनी पत्नी के रूप मे स्वीकर करो। यह सदा तुम्हारे साथ रहेगी।" इस तरह सीता व रामजी का विवाह अत्यंत वैभवपूर्ण संपन्न हुआ। विवाहोपरांत सीता अयोध्या आई और उनका दांपत्य जीवन सुखमय था।

4

वनवास

राजा दशरथ अपनी पत्नी कैकेयी को दिये वचन के कारण श्रीरामजी को चौदह वर्ष का वनवास हुआ। श्रीरामजी व अन्य बड़ों की सलाह न मानकर अपने पति से कहा "मेरे पिता के वचन के अनुसार मुझे आप के साथ ही रहना होगा। मुझे आप के साथ वनगमन इस राजमहल के सभी सुखों से अधिक प्रिय हैं।" इस प्रकार राम व लक्ष्मण के साथ वनवास चली गयी।

वे चित्रकूट पर्वत स्थित मंदाकिनी तट पर अपना वनवास किया। इसी समय भरत अपने बड़े भाई श्रीरामजी को मनाकर अयोध्या ले जाने आये। अंतमे वे श्रीरामजी की पादुका लेकर लौट गये। इसके बाद वे सभी ऋषि अत्री के आश्रम गये। सीता ने देवी अनसूया की पूजा की। देवी अनसूया ने सीता को पतिव्रता धर्म का विस्तारपूर्वक उपदेश के साथ चंदन, वस्त्र, आभूषणादि प्रदान किया। इसके बाद कई ऋषि व मुनि के आश्रम गये, दर्शन व आशिर्वाद पाकर वे पवित्र नदी गोदावरी तट पर पंचवटी में वास किया।

5

अपहरण

पंचवटी में लक्ष्मण से अपमानित शूर्पणखा ने अपने भाई रावण से अपनी व्यथा सुनाई और उसके कान भरते कहा "सीता अत्यंत सुंदर है और वह तुम्हारी पत्नी बनने के सर्वथा योग्य है।" रावण ने अपने मामा मारीच के साथ मिलकर सीता अपहरण की योजना रची। इसके अनुसार मारीच सोने के हिरण का रूप धर राम व लक्ष्मण को वन में ले जायेगा और उनकी अनुपस्थिति में रावण सीता का अपहरण करेगा। आकाश मार्ग से जाते समय पक्षीराज जटायु के रोकने पर रावण ने उसके पंख काट दिये।

जब कोई सहायता नहीं मिली तो माता सीताजी ने अपने पल्लू से एक भाग निकालकर उसमें अपने आभूषणों को बांधकर नीचे डाल दिया। नीचे वनमे कुछ वानरों ने इसे अपने साथ ले गये। रावण ने सीता को लंकानगरी के अशोकवाटिका में रखा और त्रिजटा के नेतृत्व में कुछ राक्षसियों को उसकी देख-रेख का भार दिया।

6

हनुमानजी की भेंट

सीताजी से बिछड़कर रामजी दुःखी हुए और लक्ष्मण सहित उनकी वन-वन खोज करते जटायु तक पहुंचे। जटायु ने उन्हें सीताजी को रावण दक्षिण दिशा की ओर लिये जाने की सूचना देकर प्राण त्याग दिया। राम जटायु का अंतिम संस्कार कर लक्ष्मण सहित दक्षिण दिशा में चले। आगे चलते वे दोनों हनुमानजी से मिले जो उन्हें ऋष्यमूक पर्वत पर स्थित अपने राजा सुग्रीव से मिलाया। रामजी संग मैत्री के बाद सुग्रीव ने सीताजी के खोजमें चारों ओर वानरसेना की टुकडियाँ भेजीं। वानर राजकुमार अंगद की नेतृत्व में दक्षिण की ओर गई टुकड़ी में हनुमान, नील, जामवंत प्रमुख थे और वे दक्षिण स्थित सागर तट पहुंचे। तटपर उन्हें जटायु का भाई सम्पाति मिला जिसने उन्हें सूचना दी कि सीता लंका स्थित एक वाटिका में है।

हनुमानजी समुद्र लाँघकर लंका पहुँचे, लंकिनी को परास्त कर नगर में प्रवेश किया। वहाँ सभी भवन और अंतःपुर में सीता माता को न पाकर वे अत्यंत दुःखी हुए। अपने प्रभु श्रीरामजी को स्मरण व नमन कर अशोकवाटिका पहुंचे। वहाँ 'धुएँ के बीच चिंगारी' की तरह राक्षसियों के बीच एक तेजस्विनी स्वरूपा को देख सीताजी को पहचाना और हर्षित हुए।

उसी समय रावण वहाँ पहुँचा और सीता से विवाह का प्रस्ताव किया। सीता ने घास के एक टुकड़े को अपने और रावण के बीच रखा और कहा

"हे रावण! सूरज और किरण की तरह राम-सीता अभिन्न है। राम व लक्ष्मण की अनुपस्थिति मे मेरा अपहरण कर तुमने अपनी कायरता का परिचय और राक्षस जाति के विनाश को आमंत्रण दिया है। रघुवंशीयों की वीरता से अपरिचित होकर तुमने ऐसा दुस्साहस किया है। तुम्हारे श्रीरामजी की शरण में जाना इस विनाश से बचने का एक मात्र उपाय है। अन्यथा लंका का विनाश निश्चित है।" इससे निराश रावण ने राम को लंका आकर सीता को मुक्त करने को दो माह की अवधि दी। इसके उपरांत रावण व सीता का विवाह निश्चिय है। रावण के लौटने पर सीताजी बहुत दुःखी हुई। त्रिजटा राक्षसी ने अपने सपने के बारे में बताते हुए धीरज दिया की श्रीरामजी रावण पर विजय पाकर उन्हें अवश्य मुक्त करेंगे।

उसके जाने के बाद हनुमान सीताजी के दर्शन कर अपने लंका आने का कारण बताते हैं। सीताजी राम व लक्ष्मण की कुशलता पर विचारण करती है। श्रीरामजी की मुद्रिका देकर हनुमान कहते हैं कि वे माता सीता को अपने साथ श्रीरामजी के पास लिये चलते हैं। सीताजी हनुमान को समझाती है कि यह अनुचित है। रावण ने उनका हरण कर रघुकुल का अपमान किया है। अतः लंका से उन्हें मुक्त करना श्रीरामजी का कर्तव्य है। विशेषतः रावण के दो माह की अवधी का श्रीरामजी को स्मरण कराने की विनती करती हैं।

हनुमानजी ने रावण को अपनी दुस्साहस के परिणाम की चेतावनी दी और लंका जलाया। माता सीता से चूड़ामणि व अपनी यात्रा की अनुमति लिए चले। सागरतट स्थित अंगद व वानरसेना लिए श्रीरामजी के पास पहुँचे। माता सीता की चूड़ामणि दिया और अपनी लंका यात्रा की सारी कहानी सुनाई। इसके बाद राम व लक्ष्मण सहित सारी वानरसेना युद्ध के लिए तैयार हुई।

अपहरण के उद्देश्य से भिक्षुक के रूप में रावण सीता के पास गया
हुआ

• 9 •

अपहरण के उद्देश्य से भिक्षुक के रूप में रावण सीता के पास गया
हुआ

8

सीता स्वयंवर

रामायण कथा में भगवान राम और माता सीता के जीवन के बारे में उल्लेखित हैं. यह दोनों ही साधारण मनुष्य के रूप में जन्मे थे, लेकिन इनका व्यक्तित्व असाधारण था. यहाँ हम आपसे सीता के स्वयम्वर की कथा कहने जा रहे हैं, कि कैसे नियति भगवान राम एवम सीता को मिलाती हैं और भगवान राम सीता मैया को क्या वचन देते हैं

सीता मैया राजा जनक की पुत्री थी. वास्तव में माता सीता का जन्म धरती मैया से हुआ था , इसलिए इनका एक नाम भूमिजा भी हैं. सीता मैया का जीवन साधारण नहीं था. वे बचपन से ही कई असाधारण काम करती रहती थी, जिनमे से एक था शिव के धनुष से खेलना जिसे कई महान महारथी हिला भी नहीं सकते थे. यह शिव धनुष पृथ्वी के संरक्षण के लिये भगवान विश्वकर्मा ने बनाया था, जिसे भगवान शिव ने भगवान परशुराम को दिया. परशुराम जी ने इस धनुष से कई बार पृथ्वी की रक्षा की और बाद में इसे राजा जनक के पूर्वज देवराज के संरक्षण में रख दिया. यह दिव्य धनुष इतना ज्यादा भारी था, कि इसे बड़े-बड़े शक्तिशाली राजा हिला भी नहीं सकते थे, लेकिन नन्ही सीता इसे आसानी से उठा लिया करती थी. यह दृश्य देख राजा जनक को अहसास हुआ, कि सीता कोई साधारण कन्या नहीं हैं ,यह कोई दिव्य आत्मा हैं, इसलिए उन्होंने बाल्यकाल में ही निश्चय कर लिया, कि वे सीता का विवाह किसी साधारण मनुष्य से नहीं करेंगे, लेकिन वे सीता

के लिए दिव्य पुरुष को कैसे खोजे. यह सवाल उन्हें अक्सर सताता था, तब उन्हें ख्याल आया, कि वे स्वयंवर (स्वयम्वर का अर्थ यह होता था, कि इसमें कन्या स्वयम अपनी इच्छानुसार अपने लिये पति का चुनाव कर सकती थी.) का आयोजन करेंगे, जिसमे यह शर्त रखी जाएगी, कि जो धनुर्धारी शिव के इस महान दिव्य धनुष पर प्रत्यंचा चढ़ायेगा, वो ही सीता के योग्य समझा जायेगा.

शर्त के अनुसार सभी राज्यों के राजाओ को स्वयम्बर का निमंत्रण दे दिया गया. यह निमंत्रण अयोध्या भी जाता हैं, लेकिन अयोध्या के राज कुमार राम गुरु वशिष्ठ के साथ वन में रहते हैं और वहीं से एक सभा दर्शक के तौर पर स्वयम्बर का हिस्सा बनते हैं.

प्रतियोगिता शुरू होती हैं कई बड़े-बड़े राजा उठकर आते हैं, लेकिन शिव के उस दिव्य धनुष को हिला भी नहीं पाते. यहाँ तक की इस स्वयम्बर में रावण भी हिस्सा लेते हैं और धनुष को हिला भी नहीं पाते.

यह देख राजा जनक को अत्यंत दुःख होता हैं. वे कहते हैं कि क्या इस सभा में मेरी पुत्री सीता के योग्य एक भी पुरुष नहीं हैं. क्या मेरी सीता कुंवारी ही रह जायेगी, क्यूंकि इस सभा में एक भी व्यक्ति उसके लायक नहीं, जिस धनुष को वो खेल-खेल में उठा लेती थी, उसे आज इस सभा में कोई हिला भी नहीं पाया, प्रत्यंचा तो बहुत दूर की बात हैं. जनक के द्वारा कहे शब्द लक्ष्मण को अपमान के बोल लगते हैं और लक्ष्मण को बहुत क्रोध आता हैं, वे अपने भैया राम को प्रतियोगिता में हिस्सा लेने का आग्रह करता हैं, लेकिन राम ना कह देते हैं, कि हम सभी यहाँ केवल दर्शक मात्र हैं. राजा जनक के ऐसे करुण वचन सुनकर गुरु वशिष्ठ राम से स्वयम्बर में हिस्सा लेने का आदेश देते है. गुरु की आज्ञा पाकर श्री राम अपने स्थान से उठकर दिव्य धनुष के पास जाते हैं. सभी की निगाहे राम पर ही टिकी जाती हैं, उनका गठीला शरीर, मस्तक का तेज सभी को आकर्षित करता हैं. श्री राम धनुष को प्रणाम करते हैं और एक झटके में ही उसे उठा लेते हैं और जैसे ही प्रत्यंचा चढ़ाने के लिये धनुष को मोड़ते हैं, वह टूटकर दो हिस्सों में गिर जाता हैं. इस प्रकार शर्त पूरी होती हैं और सभी तरफ से फूलों की वर्षा होने लगी. देवी देवता भी आकाश से राम पर फूलों की वर्षा करते हैं

. सीता जी श्री राम के गले में वरमाला डाल कर उनका वरण करती हैं और मिथिला में जशन का आरम्भ होता हैं, लेकिन धनुष के टूटने का आभास जैसे ही भगवान परशुराम को होता हैं. वे क्रोध से भर जाते हैं और मिथिला की उस सभा में आ पहुँचते हैं, उनके क्रोध से धरती कम्पित होने लगती हैं, लेकिन जैसी श्री राम ने भगवान परशुराम के चरण स्पर्श कर क्षमा मांगते हैं . भगवान परशुराम समझ जाते हैं, कि वास्तव में राम एक साधारण मनुष्य नहीं, अपितु भगवान विष्णु का अवतार हैं. और वे अपने क्रोध को खत्म कर सिया राम को आशीर्वाद देते हैं.

भगवान राम और देवी सीता का विवाह विवाह पंचमी को सीता के स्वयम्बर के बाद उनकी तीनो बहनों उर्मिला, माधवी एवम शुतकीर्ति का विवाह क्रमशः लक्ष्मण,भरत एवम शत्रुघ्न से किया जाता हैं और चारों बहने एक साथ अयोध्या में प्रवेश करती हैं.

श्री राम से विवाह के बाद पहली रात में जब देवी सीता दुखी होकर बैठी हुई थी. तब भगवान राम उनसे इस दुख का कारण पूछते हैं. तब सीता जी उसने कहती हैं, प्रभु आप तो राज कुमार हैं और राज कुमार की तो कई पत्नियाँ होती हैं,आपकी भी होंगी और तब आप मुझे भूल जायेंगे. तब श्री राम अपनी पत्नी सीता को वचन देते हैं, कि वे कभी दूसरा विवाह नहीं करेंगे. सदैव अपनी एक पत्नी के साथ ही जीवन व्यतीत करेंगे. श्री राम अपनी पत्नी सीता को विवाह की पहली रात यह वचन देते हैं, जिसे सुन सीता स्तब्ध रह जाती हैं. श्री राम अपने इस वचन का आजीवन निर्वाह करते हैं. जब किन्ही कारणों से सीता और राम का विच्छेद हो जाता हैं, तब भी मर्यादा पुरुषोत्तम राम अपने वचन का पालन करते हैं और दूसरा विवाह नहीं करते.

इस प्रकार भगवान राम और देवी सीता मर्यादा का एक नया इतिहास रचते हैं और अपने जीवन से मनुष्य जाति को पति पत्नी के धर्म का बोध कराते हैं, इस तरह यह पौराणिक कथायें मनुष्य को धर्म का आधार बताती हैं एवम सही गलत का बोध कराती हैं. यह थी माता सीता के स्वयम्बर की कथा जिसके बाद उनके जीवन का नया संघर्ष प्रारम्भ होता हैं और वे दोनों विकट से विकट स्थिती में एक दुसरे का साथ देते हैं और मनुष्य जाति को पति पत्नी का धर्म सिखाते हैं.

* 9 7 9 8 8 8 9 8 6 8 5 6 9 *